MEUS ADESIVOS DE CUPCAKES

OLHE ESTE CUPCAKE QUE ACABOU DE SAIR DO FORNO.
MONTE A COBERTURA COM BELOS ADESIVOS.

ADORO OS CUPCAKES COM MUITO RECHEIO!
CUBRA ESTE AQUI COM MUITO CHOCOLATE!

DECORE ESTE CUPCAKE COM CONFEITOS DE CORAÇÃO.

QUE DELÍCIA ESTE CUPCAKE DE MORANGO E LARANJA!
DECORE COMO QUISER!

MAIS UM CUPCAKE PARA DECORAR!
QUE TAL COLAR ADESIVOS DIVERTIDOS?

QUE FOFINHO!
DECORE COM URSINHOS DE GOMA.

ESTE É UM BELO CUPCAKE DE MIRTILO. MAS CADÊ OS MIRTILOS?
ENCONTRE-OS NAS FOLHAS DE ADESIVOS E DECORE!

UM CUPCAKE DE CREME DE CENOURA! QUE DIFERENTE!
DECORE COM O QUE ACHAR QUE MAIS COMBINA!

HUMMM! CUPCAKE DE CREME CHIFON COM CALDA DE
CHOCOLATE! SÓ FALTA UMA DECORAÇÃO À ALTURA.

QUE TAL ACRESCENTAR BISCOITOS NESTE CUPCAKE?
DEVE FICAR UMA DELÍCIA!

CUPCAKE DE LIMÃO E BOLINHAS DE CHOCOLATE BRANCO!
SÓ FALTA DECORAR PARA FICAR MELHOR!

UMA CEREJA E ESTE CUPCAKE ESTÁ PRONTO!

DECORE ESTA DELÍCIA COM AS GULOSEIMAS QUE QUISER!

UM CUPCAKE DE AVELÃ!
DECORE COM OUTROS CONFEITOS DE CHOCOLATE.

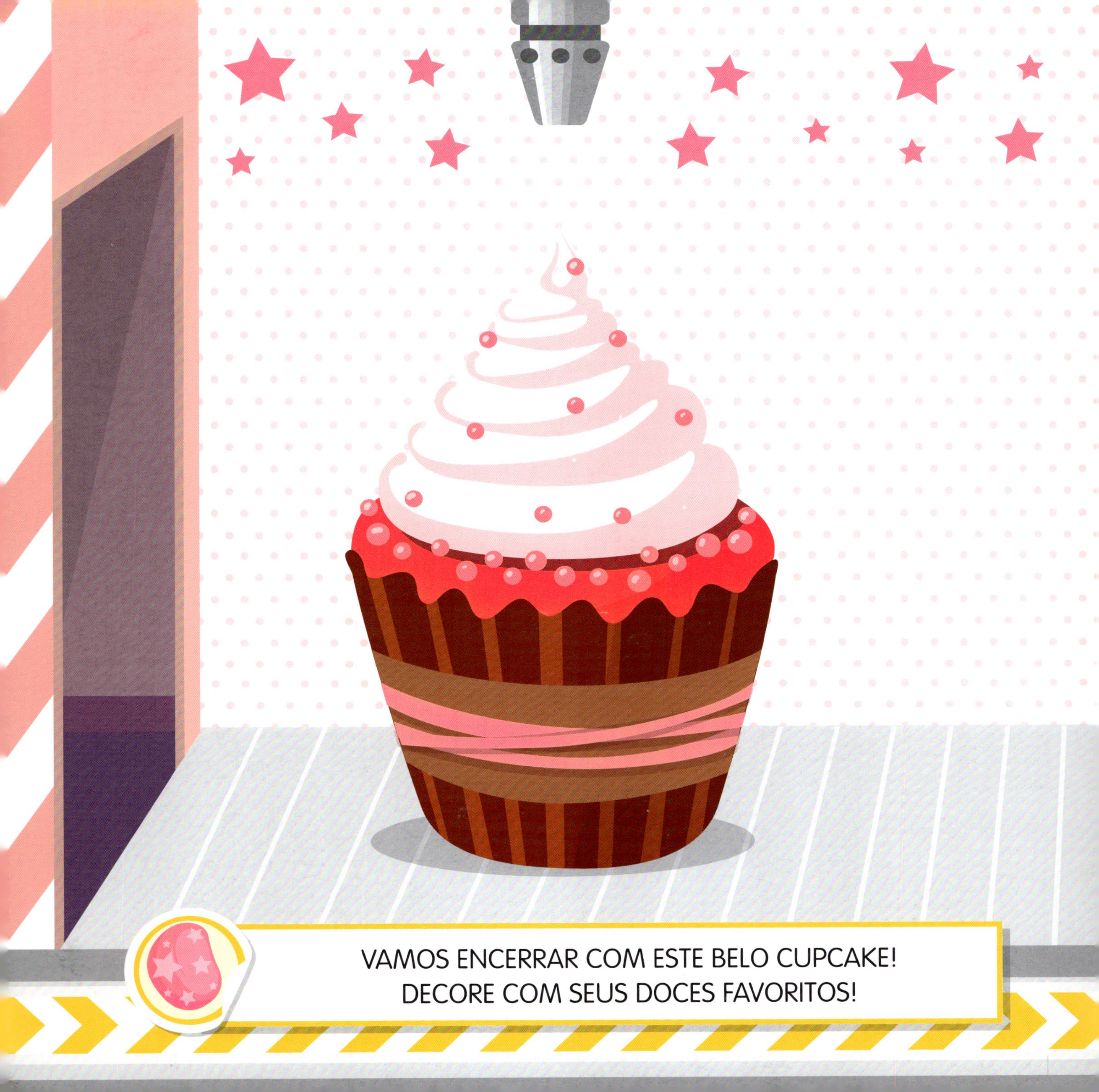
VAMOS ENCERRAR COM ESTE BELO CUPCAKE!
DECORE COM SEUS DOCES FAVORITOS!